未知なる島へ

大下綾子句集

Oshimo Ayako

ふらんす堂

未知なる島へ／目次

句集

未知なる島へ

I

二〇〇三年〜二〇〇七年

箸止めて駅伝見入る二日かな

鶯餅ゆるく包める老店主

空豆や贔屓力士に勝ち名乗り

メモよりも多く買ひ来て年の暮

ワイシャツの衿の白さや初仕事

いちめんの菜の花厄を払ひたる

ひと呼吸おいてほめあふ新茶かな

樟の緑陰の濃し被爆の地

着ぶくれて秘湯案内拾ひ読み

地下鉄はひとときそとへ春浅し

蝶追へば硝子の廃墟忽然と

柳の芽さつと飛び出す出前持ち

語学書の埃払へり春の風

洋館にチェンバロ響く梅雨入かな

壁紙のすこしめくるる大暑かな

青みかん父祖の地遠く離れけり

松茸のやはらかき土はらひけり

丹精の菊に表札隠されて

大正の画家のアトリエ木の実降る

竹箒二拍子に掃き冬に入る

つまづくも万有引力寅彦忌

白菜やしつかり者の聞き上手

老いて父厨に立てり輝切れて
時経ても和せぬひとびと落椿

春めくや卵サンドは売り切れて

見る者の時見つめをる雛かな

月面に今も足跡青き踏む

髪にまだ消毒臭や夜の桜

幸せをこぼさぬやうにチューリップ

三台のはとバス過ぎぬ新樹光

ヴァイオリニスト雲を衝く青嵐

悪口を聞きたくはなしさみだるる

遠慮なく皮を脱ぎ捨て竹育つ

うすものを召し社会学講義され

夏桑や給食室に音の無く

天井の樫の大梁黒ビール

栗ご飯分け合ひ口の軽くなり

十月の青森ひばの湯舟かな

厳戒の大使館前木の実落つ

硝子戸を磨き短き日を受くる

白富士にしばし見入るや懐手

どことなくぬけがらめける古日記

好物を炊き夫の厄年送る

三井家の志野の茶碗の淑気かな

春めきてデニムのやうな海の色

水底に雨音を聞く蜆貝

初蝶や一重仕立てのもの羽織り

ものの芽やお濠にボートつながれて

初燕スクランブル交差点に
学舎の桜の陰の出陣碑

荒川の長き鉄橋春惜しむ

放浪はかなはぬながら五月来る

思ひ出を仕分けしてゆく更衣

サングラスもの問ひたげな視線なる

荒梅雨や縫針に糸通らない

薄明をとどむるあぢさゐそつと剪る

埴輪並ぶ地下展示室梅雨深し

波音のかくまで近し明け易き

薬缶の火止む八月六日八時

銀座のすき間七夕竹ゆれゐて

朝ぼらけ西瓜肥えたる畑に出で
いわし雲旅の目的果たせずに

寝袋を出でて朝露踏みしめむ
野分して散る葉残る葉かにかくに

大根の飴色を愛で白を愛で

平日の独身寮や花八手

痩身の紳士断じて着ぶくれず

Ⅱ　二〇〇八年～二〇一〇年

ひそやかにとどまつてゐる寒の水

冬深し画塾にトルソー居並びて

鬼は外君も蔵せし大音声

京野菜籠に盛られて春浅し

啓蟄や更紗模様の染め上がり
ぶらんこや空の色身に満つるまで

桜ごと暮れゆく町へ帰り来し

近江　三句

歩けども歩けども濠若葉雨

神の島ゆたかに受くる緑雨かな

八百八段ことごとく竹落葉

ひさしくあへぬおとうと釣鐘草

染みのこる料理基本書土用干し

万緑や声明絶えし大伽藍

緑陰や語り合ひたし眠りたし

鑿ふるふミケランジェロや雲の峰

祭囃子いつも遠くにありにけり

月涼し磨き上げたる床に座し
語るひと語らざるひと敗戦忌

新涼やTシャツに風はらませて
ことことと炊きあがりゆく秋思かな

新しき背広つくりぬいわし雲

初鴨の翼に午後の驟雨かな

林檎剝くひとりのために生きてをり

指先の弦の張力今朝の冬

卒寿の師小春礼拝登壇され

すれちがふ人よ聖歌をくちずさみ

枯野人歩む光の領土へと

相席の健啖の美女年の暮

献立を日々に書き留め日記果つ
野良猫の正座してをる淑気かな

北風や一番星を押し上げて

新しき筆選びをり浅き春

少年のシュート練習春の雨

かめなくやつまにはいへぬゆめをみし

うらがはへまはりてまみゆ初桜

春雨やもののかたちのうきあがる

村田英尾先生へ

先生を花守とおもふ一日かな

薫風や彫像の裾ひるがへる

父の日の父とそろひの万歩計

梅雨晴間無沙汰ほどきの顔を出し

青大将宝飾店をうかがへり

雷《いかづち》や天を低しと思ふとき

なつかしきひとと青嶺を仰ぎ見る

阿波をどり波打ち際を行くごとく

卓の上に新しき箸小鳥来る

冷まじや苔の海なる寺の跡

秋時雨蒔絵の杯を酌みかはす

はにかめる新聞記者と福詣

ひかへめなふるさと自慢蕗の薹
墨痕のはねてかすれて龍天に

ひとりづつ渡る木の橋花山葵

沢音の近づいてくる薄暑光

滝壺はラムネの色に輝けり

産土のビル越えゆけり燕の子

香水の三十階へ上昇す

先頭へ出でむと軽鴨の子の一羽

日傘さす女の顔のどこか似る
いつのまに好みかはりし浴衣かな

ぶなの巨樹みづならの巨樹夏旺ん

瀑布てふ水の放心見てをりぬ

踊りの輪いつか二重になつてをり

語るほどのおのれもたざる海鼠かな

井戸水のほとばしりいづ一葉忌

冬眠の夢に積れる花よ葉よ

Ⅲ

二〇一一年〜二〇一三年

快晴とまづは記せり初日記

だるま抱き女子蹴球部初詣

大寺の廊下にさがす冬日向

河川敷ことごとく枯れ遠筑波

あたたかや路地の先にも道のあり

翌朝もすみれの花の咲き継ぎて

指先にたしかに触れし落花かな

卯の花や臨時のバスに間に合ひて

遠ざかりまた近づきぬ滝の音

花うつぎ日暮れて着きし谷の宿

六月や暗きに慣れし地下通路

天地をつなぎて雨や濃紫陽花

辻ごとに検問立てり五月闇

大判のスカーフ夏野のひととなる

今はなき店の屋号や古団扇

水打つて盛り塩の白よみがへる

やうやくに夜の生まれぬ夏の月

語りかけそつぽ向かるる金魚かな

フラスコの乾く色なき風の中

手の届かぬものはうるはし雁渡し

ネクタイをはづし夜学の席に着く

百貨店の包みいろいろ小鳥来る

灯火親し声出して読む名台詞

振り仰ぐ山寺は早や霧の中

柿熟るるなににつけてもよく笑ひ

賞状を捨てず飾らず文化の日

老婦人出でて山茶花掃きにけり

手相見とふと目の合へり夕時雨

雪しまく社宅そのまま半世紀

ラジオから人情噺春立てり

海のもの海の味せり風光る

海峡の荒るるを見つめ内裏雛

をさなさを頬に留むる女雛かな

鈍行のいつしかからに花曇

花冷や他人行儀にメールして

寺社なべて坂の上なり飛花落花

病棟のたれも目を伏せ楠若葉

流るると見えぬ流れや夏柳

たれもみな塔を見上ぐる薄暑光

水無月の畳表の匂ひけり

五人来て祭櫓の組み上がる

門前に竜胆を売る菊を売る

踏み出せば鳴り出だす散り紅葉とも
聖堂をあまねく満たす冬日かな

しばらくは雪積む貨車と並走し
生きものの重さ失ひ浮寝鳥

待春のつぼみこぼるるほどあふれ

春疾風巨大広告笑みつづけ

名をもたぬ雛に声かけ納めけり

花の雨めづらしき菓子買ひもして

手にのせてはづみだしさう春の月

カーテンを洗ひて干して春惜しむ

鯉のぼり腹の底から笑ひ出す

バス停に旧き町名麦の秋

噴水やけふも機嫌のうるはしく
はたた神今宵はさつと切り上げて

今年また蟬に好かるる老桜
朝日浴び蜻蛉の裸体過ぎゆけり

蚯蚓鳴く釈然とせぬミステリー

焼きたてのせんべいを買ふ冬日中

日の色のどつさり届く蜜柑かな

灯されて聖樹の役目与へらる

十二神将吐く息の白からむ

Ⅳ

二〇一四年～二〇一八年

音もなく育ちゆく木々冬銀河

番号で呼ばるる検査冬の雲

深窓の猫に恋してゐるらしく
おむすびのつやつやとして木の芽風

満開の桜の下の太極拳

行く春や鞄に詰めし講義録

東西の本に囲まれ昼寝かな

空き缶のからんと鳴れり今朝の秋

常連に交じりてすする走り蕎麦

蜻蛉の飛びてたちまち空の色

咲き満ちて巨木と気づく金木犀

日を跳ねて波跳ね上げて鮭のぼる

無名なる坂なれど急秋日和

機嫌よき老親とゐる小春かな

がま口をぱちんと閉づる梅の花

紅梅やときをり見する笑ひ皺

ポップコーンに並ぶ若者春の雪

春の雷配りをさめの名刺かな

どこまでもどくだみに先回りされ

父（元銀行員）永眠

炎天の月末三時閉店す

大輪に大輪重ね揚花火

湧水で歯を磨きをり天の川

草紅葉歩荷の刻む一歩一歩

冬蝶の飛ぶを見届けられぬまま

はじめての駅に降り立つ師走かな

寒夕焼ひとときの富士を立たせけり

咲く花のうすむらさきの二月かな

水の面に影を落とさず初燕

パン種のぐんとふくらむ日永かな

山門をはなれて気付く桜かな

大樹より大樹へ歩む立夏かな

えごの花武蔵丘陵風の道

さらさらと更紗スカート南風吹く

網戸より闇の気配へ目を凝らす

声だせば空に吸はれぬ水の秋

波音や星座をさがす夜の長き

藍染めの色落ち着きぬ神の旅

いつせいにビル輝ける初日の出

うるむ目の中原中也冬帽子

大寒の鳩は歩いて逃げにけり

ブルーナさん天へ召されぬ朧月

花の枝に触れぬ濠へと漕ぎいでて

惜春のジムに筋肉伸ばしをり

馬の背の光を弾く五月来る

時鳥廊下の長き小学校

書き込みの多き楽譜よ走り梅雨

鰻重を昼食べしこと言ひ出せず

駆け下りて素足を浸す太平洋

夕蟬の声増しゆけり米を研ぐ

漆黒の海を散りゆく花火かな

月白や人工知能育ちゆく

秋冷を来て卓上の山の幸

十六夜やなんの店やら人並び

狐火や弥生住居のあるといふ

剝きだしの土のあかるき二月尽

囀や組立家具の螺子かたき

路地裏の着付教室桃の花

新緑や登山鉄道定時発

寄する香は定家葛か退院日

軽鴨の子にはや冒険のこころざし

橅の森青水無月の雨の音

語らひのカフェ川蜻蛉数を増す

走り根の幾重鞍馬の木下闇

来世も過去も消えゆき泉湧く

ヒーローのお面をつけて秋祭

星月夜遮光器土偶とヨガをする

髪切つて歩幅大きく秋の空

茅葺の御堂に薬師秋気満つ

青空を紅葉且つ散る音しばし
何がしかあらがひながら冬迎ふ

トンネルをぬけ古戦場冬の虹

バイパスまつしぐらどこまでも冬田

灯のともる珠算教室日短

V

二〇一九年〜二〇二二年

語りたき本ありバレンタインの日

鎌倉は階段多し風光る

てきぱきと指示する歯科医桜東風

胸いつぱい雨のにほひを春の虹

生地とおぼしきあたりを訪ねる　大阪

ちちははの若き声寄す暮の春

夏来るポルシェ二台のエンジン音

滴りやジュラ紀の色に苔育つ

銀色のたてがみを撫づ夏の果

透き通るねぎを薬味に走り蕎麦

宿坊の精進料理星月夜

やはらかく続くかな文字初硯

手を洗ひうがひをすれば春の雪

朧夜や修学旅行の寝台車

空豆を剝き茹で食べぬ生きてゐる

存分に泳ぎし手足長きかな

はきはきと刃に応へをる胡瓜かな

捨てられぬ箱よリボンよ星祭

楼蘭の砂中の遺跡流れ星

はるばるとひと思ひをる良夜かな

木の実降る八幡宮に土俵あり

エコバッグはみ出す野菜春一番

うすく開く古代魚の口春寒し

八十八夜脚立に乗りて拭き掃除

夏雲の中いつか着く頂よ

隣家よりソプラノ練習野分晴

豆乳ににがりを入れて無月かな

銀杏を拾ふ銀杏踏まぬやう

金星と月と近づき黄落期

先生も看護師さんも落葉掃く

女子校の朝の教室冬日燦

丹沢の斑雪仰ぎてバスを待つ

汝がための空の広さよ花辛夷

いつせいに眸かがやく桜かな

尻尾振る犬ゐて鞦韆おりられず

春の日や窓より入るる冷蔵庫

夏の蝶ほどなくなにか建つ土地を

黒胡椒がりがり挽きぬ旱梅雨

星涼し未知なる島へ丸木舟

湯上りのやうな満月上りけり

さはやかに木の声宿す弦楽器

用こなす日を雲高く流れ秋

忘れもの忘れてしまふ花野かな

天井の木目渦巻く夜寒かな

実千両公民館の落語会

動かざる雲へ残照大晦日

あとがき

日常のささやかな心の動きや、ふと目に留まったことが蒸留され、十七音の器に収まると、何やら不思議な気もします。ご縁に恵まれて四十代から始めた俳句が二十年余り身に添い続けてくれるとは、思っておりませんでした。

二〇一五年からは、中学・高校の同級生お二方が句友にもなってくれました。

その奈良雅子さん、望月和美さんと、二〇二〇年に還暦を記念して合同句集『漕ぎ出でよ』を上梓できたことは、大きな喜びでした。

本句集の二〇一五〜二〇一九年の句の多くは、『漕ぎ出でよ』既出です。

今回もふらんす堂のスタッフの皆様にたいへんお世話になりました。誠にありがとうございました。

世界のあらゆる地域が平和でありますように、個人としてはなるべく長く元気に俳句を詠めますように、願って止みません。

これまで句座を共にしたすべての方へ感謝申し上げます。

二〇二三年三月

大下綾子

著者略歴

大下綾子（おおしも・あやこ）

1960年生まれ。東京都在住。
2002年より作句を始める。
合同句集『漕ぎ出でよ』（奈良雅子、
望月和美との共著）

句集　未知なる島へ　みちなるしまへ

二〇二三年六月一八日　初版発行

著　者——大下綾子

発行人——山岡喜美子

発行所——ふらんす堂

〒182-0002 東京都調布市仙川町一—一五—三八—二F

電　話——〇三（三三二六）九〇六一　FAX〇三（三三二六）六九一九

ホームページ http://furansudo.com/　E-mail info@furansudo.com

振　替——〇〇一七〇—一—一八四一七三

装　幀——君嶋真理子

印刷所——三修紙工㈱

製本所——三修紙工㈱

定　価——本体二五〇〇円＋税

ISBN978-4-7814-1565-9　C0092　¥2500E